Poèmes et dessins
de la fille née sans mère

生来没有母亲的女孩的诗画集

Francis Picabia

[法] 弗朗西斯·皮卡比亚 诗/画

潘博 译

四川文艺出版社

诗 目录

003　虔诚的教皇

004　肺　炎

006　叫　喊

007　跷跷板

008　小斑马

010　迷　宫

011　阿拉伯香甜糕点

012　电子地球仪

014　被剪下的花

015　活　着

016　哎呀!

018　心醉神迷

019　萌　芽

020　差不多完蛋

022　颠　茄

026　雌猎兔狗

027　广阔的内脏

028　皮　肤

030　鸟木犀草

031　配偶画家

032　盒子枕头

034　欢　跃

035　嘴

036　狍　子

038　丝腰带

039　卡克基酸盐

040　什　么

042　毒药或手枪

043　女　仆

044　眼罩之歌

046　空

047　瘦

048　每一天

050　品　格

051　幸　福

052　温存的药店

054　笑

055　速度的改变

056　草坪的泥块

058　物　体

059　在瑞士

060　独　眼

062　虚　无

063　嗅　觉

064　失　败

066　逸　事

067　无线电报

068　甜　点

070　含氧的

071　黄油咖啡壶

072　味　道

075　译后记

图 目录

005　面对面

009　好词机器

013　一夫多妻制

017　利己主义者

021　必要的

025　斑　蝥

029　哺乳动物

033　请　看

037　菜　豆

041　雄　性

045　麻醉剂

049　无目的的机器

053　通风的惊喜

057　不耐烦的艺术

061　雌雄同体

065　蜻　蜓

069　爱情中当前观念的机器

073　大　腿

我将这部作品题献给

普天下的神经科医生

特别是以下几位医生：

柯林斯（纽约）

杜普莱（巴黎）

布鲁奇维尔（洛桑）。

完成于格施塔德[*]，1918年4月5日[**]。

---
[*]Gstaad，位于瑞士阿尔卑斯山脉上的度假和疗养小镇。——译注
[**]整个题献原文为斜体，我们在译文中转换为楷体。——译注

虔诚的教皇

自然奇观偏僻的沙滩

在满是有用的平静的巨大外形下。

今晚有益的恐惧掩盖真理

交叉双腿

尾巴。——

我的病回忆的骨架

无疑地作为无法忍受的朋友耸立

猴子在那里默默地进行烦琐的

推理。

猎人解除惊奇的哲学的武装

在被事物讲说的沙滩上。

我相信我的图像。

这是一个最终系统

因为您用自由的汉语思考。

可怕的世界的无限

邻近的振荡

奇妙的山谷

变疯并且以此类推。

肺　炎

33 33 33 33 33
算术的元素
在它的黑暗中。
一场用指尖的儿童表演
计算假定和胡萝卜的
神童并且结果正确
在33的闪亮的黑眼睛下。
奇观像我们一样死
在我们要求的境况里
摇篮的谜。

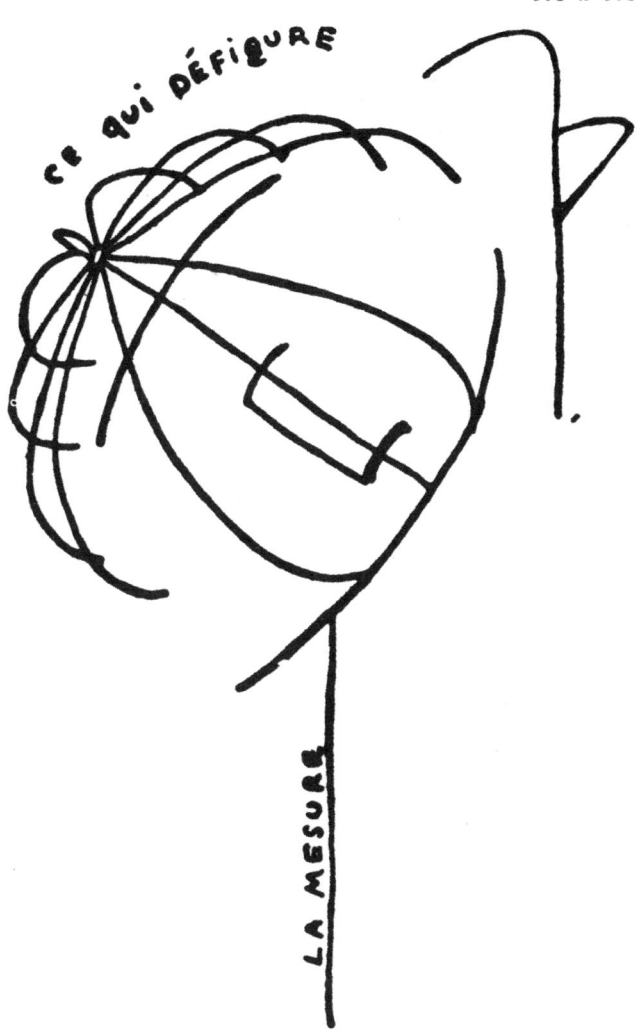

叫　喊

床垫大概是一种语言
更不轻信或许
死亡　胶　参观者
门厅里的俘虏
关于被拍摄的睡眠的
杂志——
敏感点吞噬
而不带希望——

跷跷板

奶妈云不礼貌
您来饮我的肩
滑稽的是
固定地接受爱
一位额外的女乞丐的
孩子气的快乐
妈的车站午餐之后
生意的蹦跳——

小斑马

在盲空里讲方言的苏格兰人
较不真实带着一个微笑
在布洛涅森林里
请你放心炭的冬天
在我朋友们的工作室里。
极简单地散开的广阔
成声波状倒下
在肺的手里
带着油光光的兔子的自在
巴塞罗那的乐事
在最近的失望中
你将不欺骗我的一生。

MACHINES DE BONS MOTS

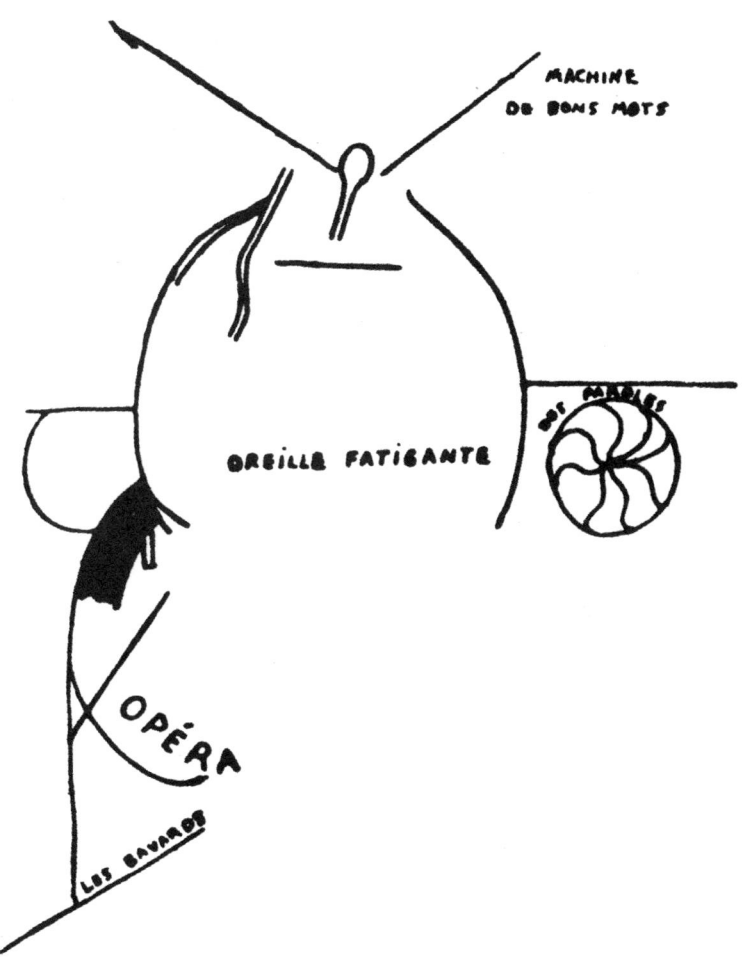

迷 宫

意志不停地等
找不到的欲求。
停止的凹槽使粗俗玩笑的缺场
激动。
朝向夜晚的伤疤
亵渎反思。
只有不信教的
超脱。
人们令我痛苦
因为我知道冷漠
不停地圈向自身的
平庸:
地平线吸引我们感情的
眼睛。

阿拉伯香甜糕点

我在又陡又光的坡上有苦难,

没有短裙的漂掠欣赏大海

为了有快感地吻我如吻一个花束

这就是使我的鸦片小眼泪沉睡

无尽的科学,月亮的官方人物

这就是我冰冻的蜜做的风筝衣服。

我在由美丽的季节变形而来的床上写它

多次爱抚乳房

在关闭的博物馆里

在球状衣服下

变成钟上的脂粉。

诗意的蓝下巴上的酒精十字架

为我启示一个灯笼栅栏,

舞者令人生畏地转身

在露台的跑道上

在空阔山谷的安静意外里

我在被雕刻至脖颈的

骄傲的女人们的山上。

电子地球仪

一座水边的庙宇无精打采地
开始像在峰巅煮沸
和平的群山。
纺锤仙女们沿着
我的罂粟脑袋抓住根
并且渐渐地像混杂的酒杯
她们在玉石路前
覆盖有黑眼圈的人物清单

POLYGAMIE

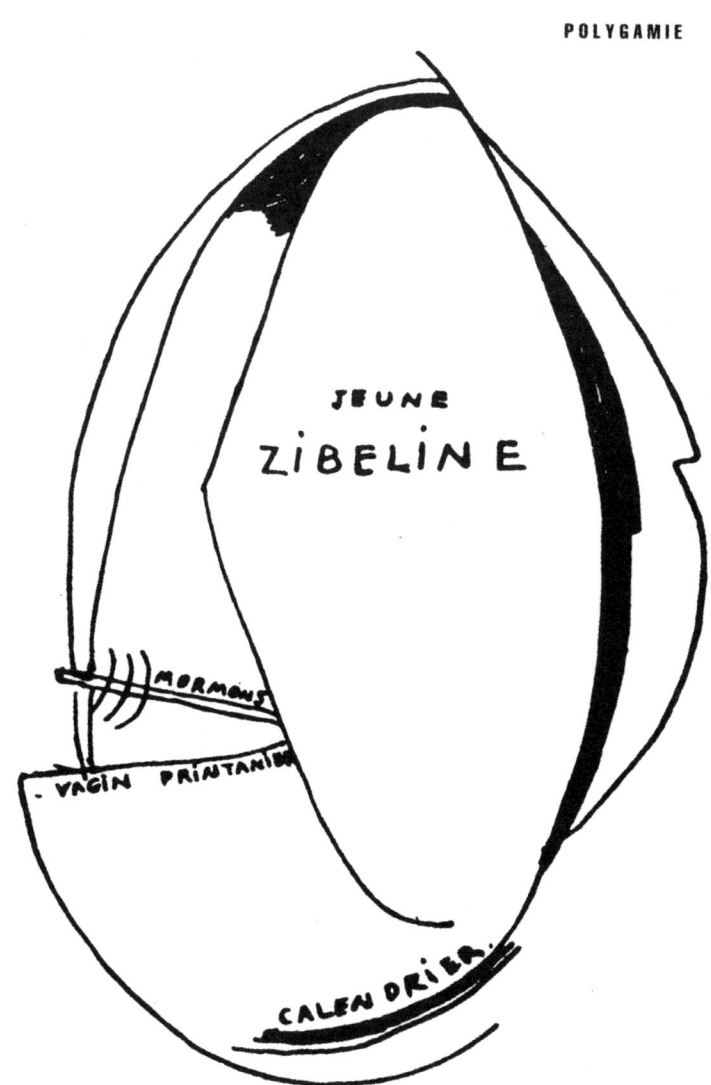

被剪下的花

我们同样的年纪住

在一个荒凉的村庄

而电子屏障

两次将它的电池组导入

一个奇诡的火柴盒

活　着

胜利的利己主义重新创造一个蠢货

一个情人等待幸福

表面的事物

我呢从没见过

持有它们的那些人

陌生人没有

沿着遇难的河的

关于浪费的理论

哎呀！

一些女人一些男人

那些事物

一个野心勃勃的

主权国家

我喜欢人们折起烦忧的

眼睛

尤其在胸廓的大海里

可我说一些没有私心的谎话

这差不多是同一件事情

灵魂的真理

是学院性傲慢的巨大怯懦

在你们眼睛里的我的眼睛

我高兴

在我被遗忘的孤独里

ÉGOÏSTE

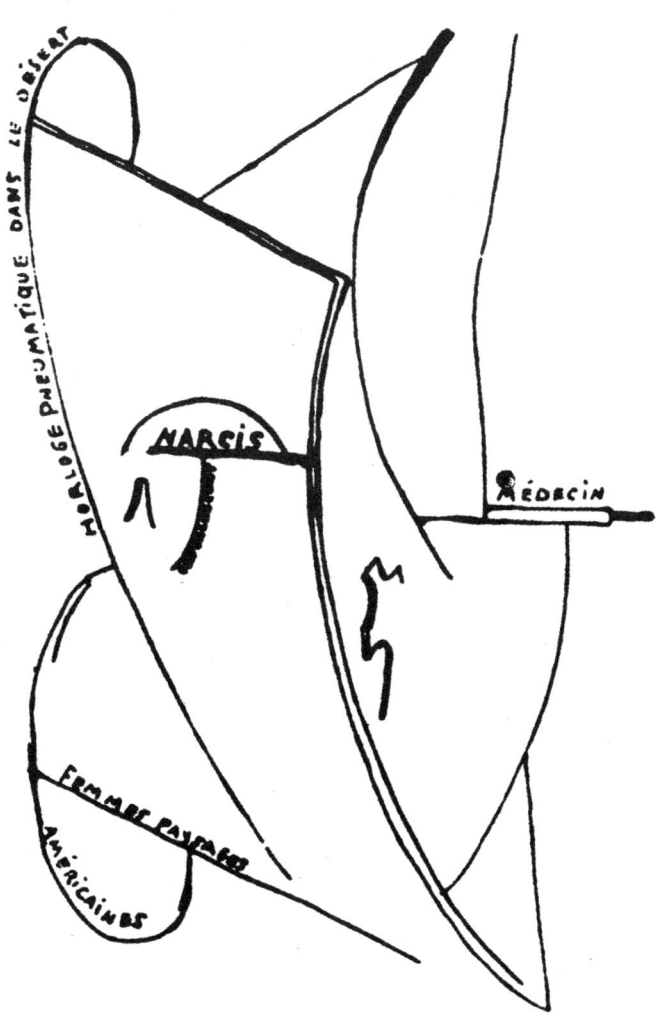

心醉神迷

神奇的做梦者的

多重变形

他亲吻压扁的小鸡的皮肤

并且毫不费力地变为

因为思想而狭窄地狂喜的天赋——

他为三个妓院女孩打开

紫罗兰木门。

萌 芽

人动物

趋向虚无

封起五官

他阴沟的影子

是爱的障碍

中国的无神论系统

像一道空洞的目光

骨髓蜗牛的颜色

相互探入

聋哑的机械论

我们将找到翅翼,根据柏拉图,它们活在真实的表象里。

差不多完蛋

在街上如在圣歌里

一颗胖

糖果

穿白衣

当我扮演一个心碎的吻

巴黎的品味抚慰我

我在纱网里看见一种阿拉伯式花纹

有黑眼圈的眼睛在我周围勾勒出吐司的长沙发

在我压扁的头发里的玫瑰光线

无用的问题

在摇晃的甜食家庭里

我寻找我的尺寸。

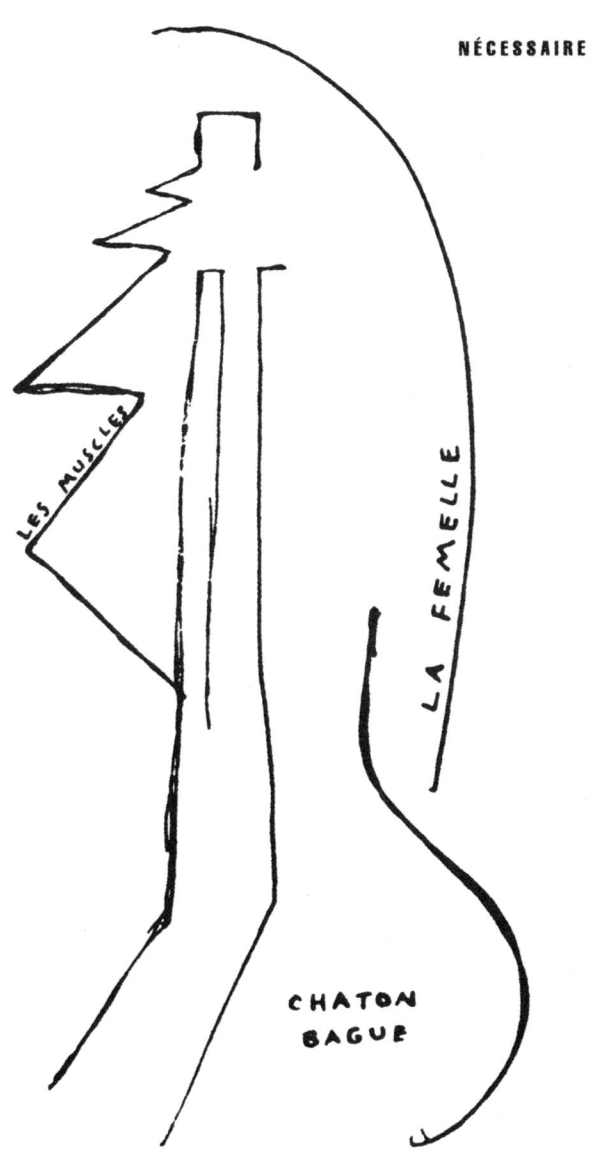

颠　茄

我孤单正如您是
战场的至福的盲者
因为您编织一种青蛙和蜘蛛的味道
词语的青春想要
英雄仆从
和智者的
枯燥闲聊的半开坟墓的秘密

扒手们斗士们
因为来自一个可怖的梦的女舞者们而失去光泽
红色马戏场里的噩梦
我们已经选择在天空里被鞭打的
无力小丑的天真淫荡
铁平息危险的地点
我呢我因为闪光的倒影而微微颤抖

一个冷血首领最终是人的聪慧
您那么骄傲为他的贪食
他继续教授古怪的新骑兵的

谎言的全能

在荣耀的想象的厩肥上

带着昏厥之前

悲惨的机械论的统一尖头

卸掉重负的可触知的干燥凳子

老人们结结巴巴地说为了死亡的美好事物

直至神父们的圣诞节而卓越的虔敬

大量地丢掉泪水的战争

想象的士兵涂抹昏暗

用天平称量婴儿的枯骨眼睛

并且恳求一大片妇女

一支奇怪的矩形香烟

干脆地逮捕焦虑的海妖

只要上帝同意

每一步在背上的喘息

折磨定理的雕塑

关于昏暗的颠茄的新闻

抓伤四苏*的蜡烛

---

*sou,法国旧辅币名,此处指价格低廉。——译注

有什么美的这些胜利者
今天的荣耀什么也不再有
这就是和为了发笑的远方一起的情感
缺少习惯的可轻蔑的生活
灯盏经过清醒的夜晚
为了再来漫不经心地可感知的
座位上分娩

我毫不疑问作为精神公众的男人
在手持非洲军刀的警察面前
曾经震惊加纳的婚礼
我喜爱在剪刀根部
冒险证实我所说的事物
并且最长久地拥有我的玩具娃娃
它是我烦忧的必要性。

CANTHARIDES

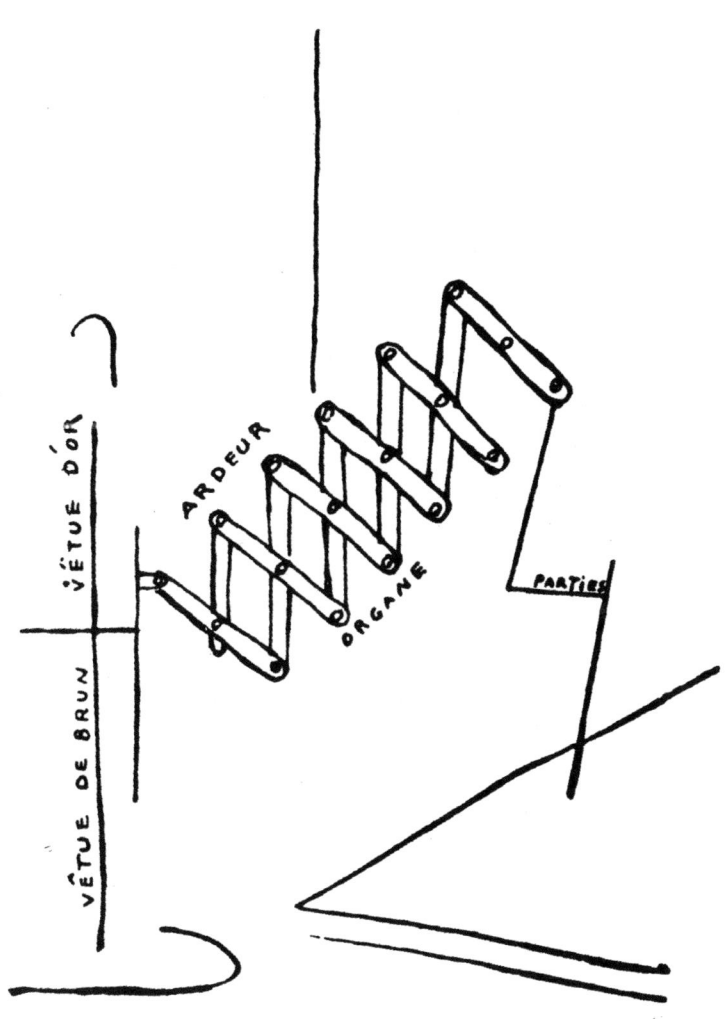

雌猎兔狗

我被蔑视的家乡喘息
因为星星
为了解救巨大的不公。
这个戒指召回一场爱
它的航迹远离海岸摇晃。
青铜土地
迷人的竖琴
燕子们的魔术师
我准备好冒险的生命
回忆起他的脚。
永远不再没有痛苦
我被爱的
狍子
不再因为
失序的有文字标记的旗帜
而闪现。

广阔的内脏

我是不可动摇的说教中

最非同一般的分配者——

在我看来好像一切

都被使徒们的灵魂

以一种不间断的方式说尽——

现在是夜晚

满是殉道的亡人

懦夫,不可比的英雄

被带到没有见证的

吊袜带的泥浆里——

我和平的曲线

看起来柔和因为

没有号码的马车夫的郊游——

皮　肤

我想明天相配于

刺绣呢绒的一片叶子

在一个俄罗斯箱子里

这就是为何我真正的愉悦

身穿舞会长裙的仆人

从这里相像于仙女的两年

为我带来我爱的

致死的罪

在淡红褐色花园的栅栏上。

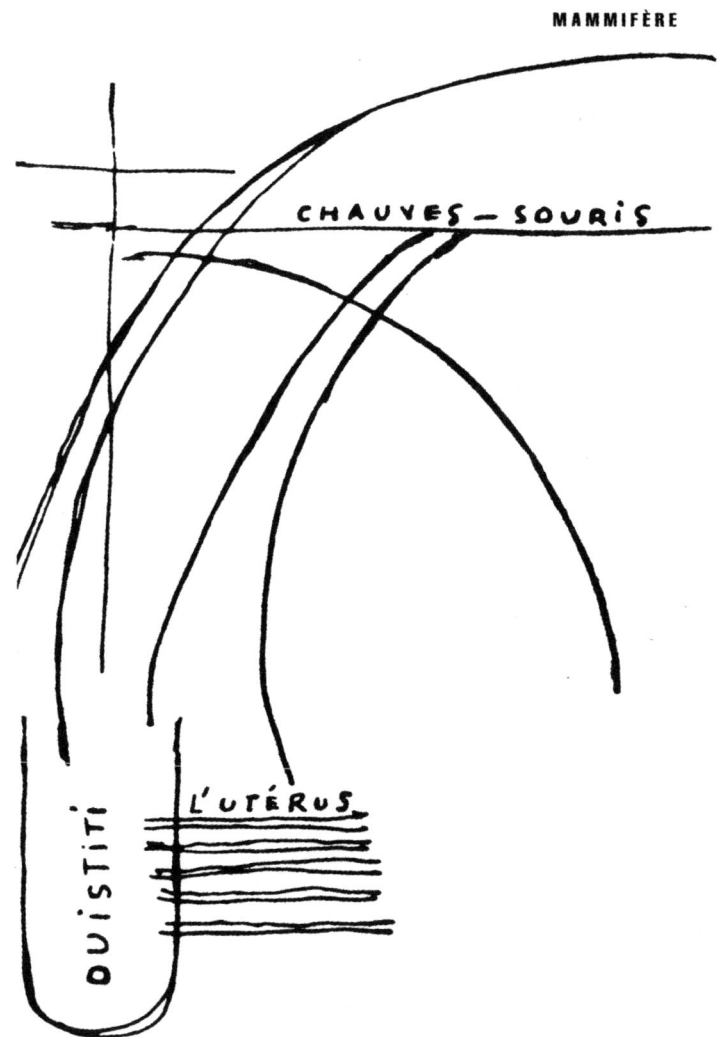

鸟木犀草

一个夜晚,她背后的长发
滑稽的小舞女变成一条腰带
用水手的狂热散步的回忆。
充满活力的她在我嘴上摁一片灌木丛。

* * *

红糖蛋糕在发髻里的鼓起
老教堂随音乐蹒跚而行
用小狗的珍珠项链装饰
它进入我豪华的房间。

* * *

每个夜晚我的两臂在草上打转
她的微笑在背后不动地闪烁
在一个特别安静并且
一直笔直的房间里她沉睡。

配偶画家

她不正常的叶子有奇异的寄生物
包含杂闻
在神经的沉闷乡村里。
在平庸的未知事物里的胡桃树
这是唯一的真理
更遥远。

盒子枕头

在黑玉镜子前的一只葬礼戴的黑手套
正如在隔离的眩晕里
挂在我的手臂上
穿着浴衣行走。
轻蔑的木草莓又掉落
因为飞升的颤动。
在这漫长的行程期间过分宽大的旗帜
虚情假意地把书壳藏在口袋里。

VOYEZ

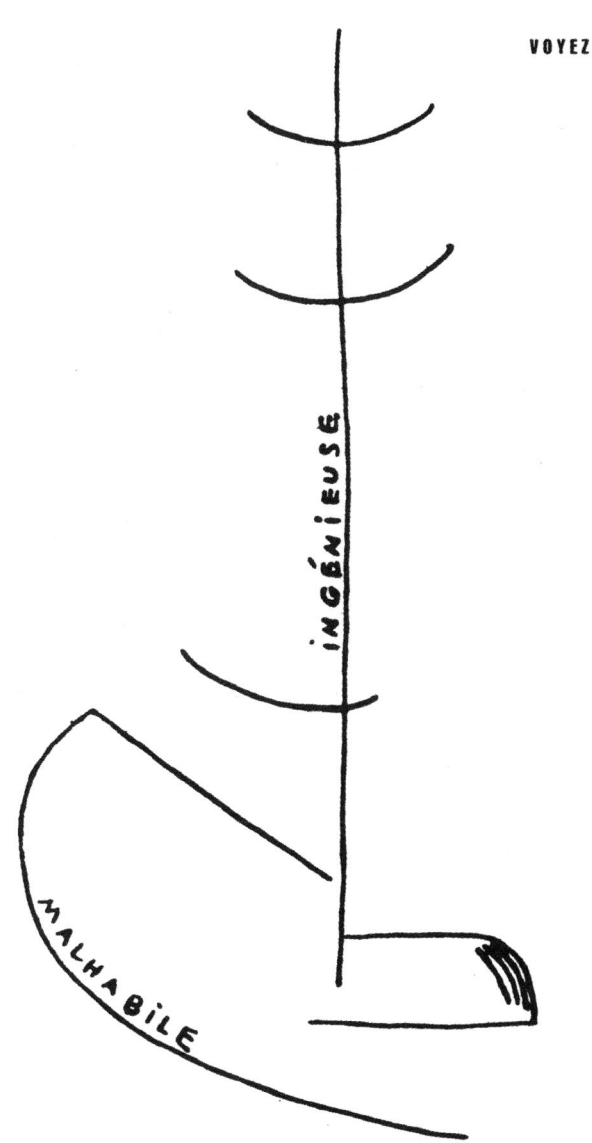

欢　跃

教皇的灵魂精神上的想象力

使人听到桃花心木的声音。

面包观点的食物

做一个优质的小型电子装置

在盗窃的灵魂里

在每一个为了吗啡的时刻。

失去的主题静默的小面包

在牛津街的喧嚣里

有可能用黑人的象征

祈求上帝的魅力。

是的，因为生活是偏激的乌龟的

闯入。

内幕苍蝇的天赋为了笑。

士兵的机械用短筒袜风笛

强奸水立方。

嘴

蓝天象牙你的身体
两只手的爱
你睡吧
我心爱的女友
每个夜晚在我们的爱的
胸脯上。

狍　子

在他俩之间她起身并且绷紧手
一直微笑。
她统辖连接水的等级的
科学。
她是特别友谊的门槛
同时分配我们直至泪水
地平线下的彩陶的印迹。
我是黑脉金斑蝶莺变种
精子的被动的廉耻心。
非美学苍白的水手
在没有太阳的湖畔。

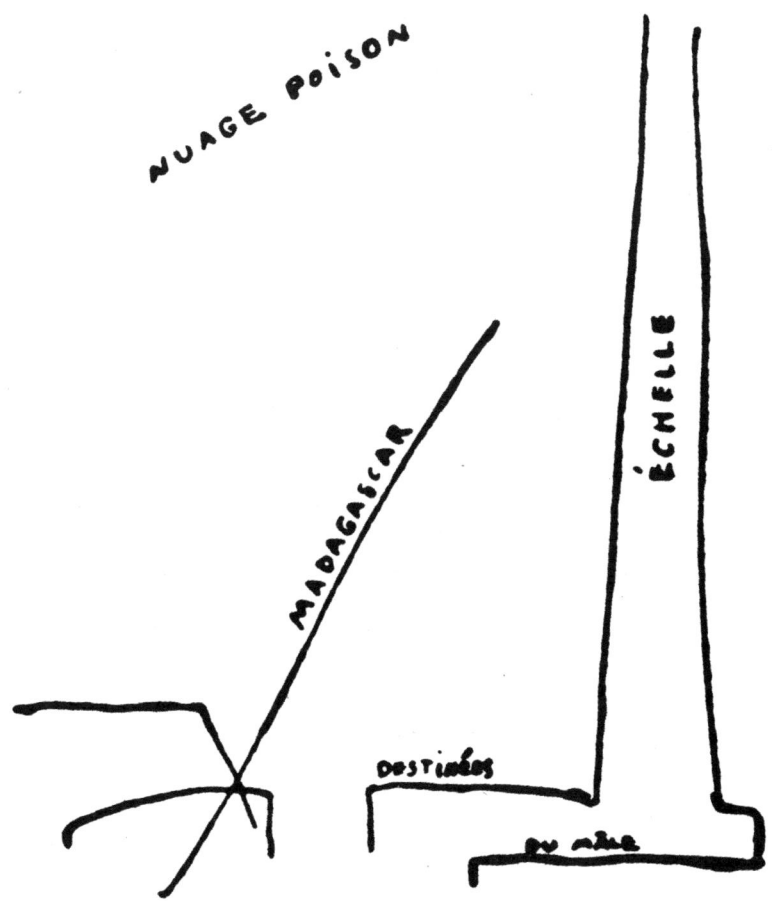

丝腰带

画家通烟囱工人给激流的烟囱贴邮票
我们将帮助它在春天贝雷帽上的白斑狗鱼
被雷击的醋栗收获者
成熟草莓的羽饰唱一支漂亮的歌曲
嘉布遣会修女的鲤鱼的长颈鹿学校
冷杉覆盖天空
天鹅的饼干我去过巴黎
溺死于经济的太阳里的排骨上
我在一只迷路的小鸡里带来多米诺骨牌
和煤气管道之歌
快乐的朋友们掀下长沙发的布罩
为了翻窗参加蜜蜂音乐会。

卡克基酸盐

它的炫耀的沸腾有残忍的界标
它的炫耀用一只有活力的粉色卡克基酸盐形成队列
在我营养过度的瑞士生活里。
长椅子在死亡之后存在
它们所思考的事物覆盖放弃这直截了当
所有这一切在一点儿医学水晶里——

我因为象牙小摆件而无限地感到荣耀
今天我应该在这漫长的行程期间受苦
朝向点燃的大蜡烛起皱的粉色浴衣——

可恶科学如仓库
用不可见的抚摸限制心脏
在我不知道的事物里,可是围成一团——

螺旋形的书具有内心的优雅特征
散放在到处的横卧的小萨克斯
隔绝巧克力的犹豫不决的女乘客滑行。

她给我留下她砒霜的卫生的手
在褶皱的间歇的杀人的地方
正如崭新的婚床的炉子。

什 么

在那边全部航行的土壤
依然是我的欲求。
石板的慢速的女信使
因为白雪而踩上棉花
冬天的好东西逃逸
在星星上如自鸣钟。
请在柱子的咽喉里的吵闹的木乃伊上鸣响
如无名的裸女。

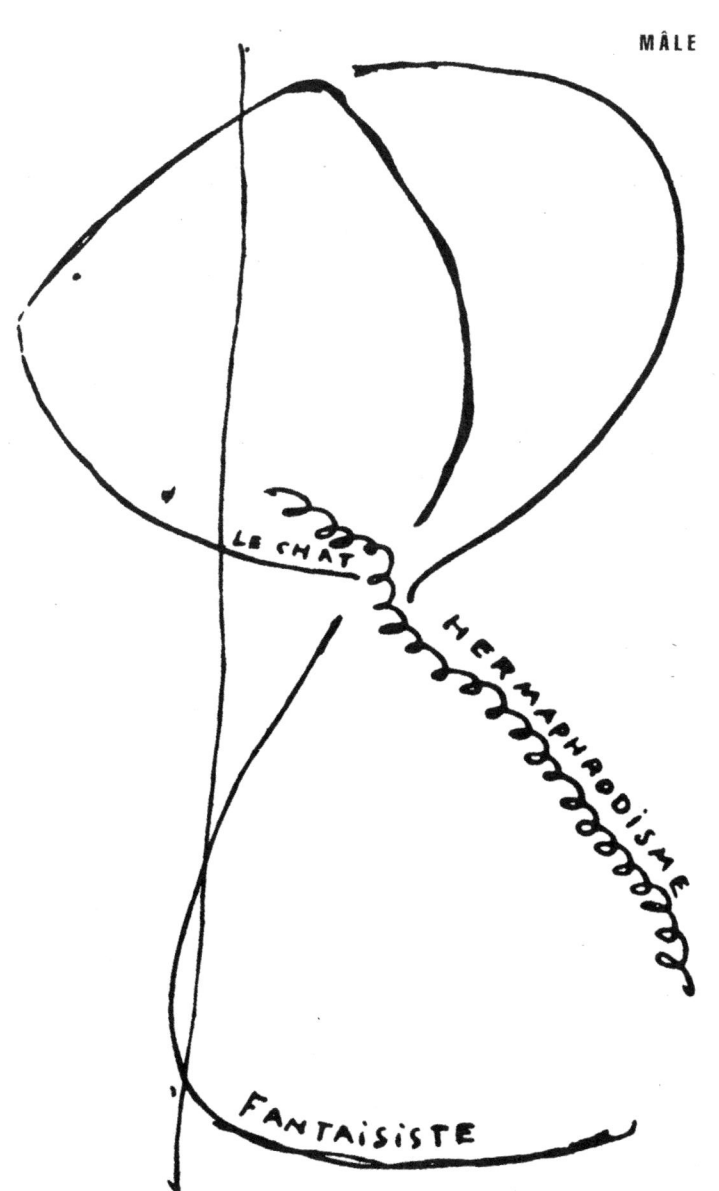

毒药或手枪

内心图像的宗教螳螂
满心羞耻的癖好类型
我们都有一册阴险的小书
根据作为偶像的机制

我自负的老妇人的键盘
用一种无尽的悲伤做鬼脸
将印在我脑袋里的戏剧
移译为狂热的车轮的欲望

戴面具的轮廓的音乐家
融合数种风格的贪吃的疯子
在印蘑菇的海滩上
我们前行在天才生活里

正如梦游症的跳动
过分迟地在我炼金术士的生活里
因为自我的图像
在自杀里移动

女　仆

赤褐色头发的自动-自行车手
奇境
的幻想
出自一个木乃伊山谷
奇境保护震音。
泰然的疲劳我在
变为奶油泡芙的
女仆房间里用可笑的
谈话
等待办公室主任。
要是傲慢的鞋子
用活兔子的毛
理解紫水晶就好了。
慢车上的事务
因为酒汁炒变色龙野兔肉的实现而变得阴暗。
公共场所的未来学者们
请你们想象，我的
矮处女眼睛
翻强盗筋斗。

眼罩之歌

我身体的曙光

远离我鸵鸟蛋形的坟墓

我偶尔将同它结婚同时发出吼叫

请别沉默如果我第一个死

生锈的蓝眼皮

发亮的牙齿

正如我被收拢到水里的欲望

我的胸脯不再听到我们的赞歌

在窗户内衣的绿荫下

在黎明串成项链的

喷泉的冷漠

上帝微笑。

NARCOTIQUE

ERREUR

VÉRITÉ

JUIF

CHRISTIANISME

空

有悖于所有语言的两种方向
因为幽灵们创造抽象
并在他们完美的外形里发展
奇观一枚贝壳
正如人们在形式里完全看到
人类的话语

在他干净的律法里
在生活的当前影响下
从外部突如其来的
心的内部枯竭
是分离自行隐藏的上帝的
连续运动

根据人的意志
三条光暗示着
静止不动的腐烂气氛
统辖遭受心灵上的自然的
这片土地
正如人所见。

瘦

美丽的歌曲正如人们在皮钢琴的
红色的同情的座位上玩乐
戴着拉直的法兰绒眼镜演奏
对我说我们走吧这就是游廊的歌曲
一个年轻的女孩喜爱塞满知识的
一把小手枪。
这是一首马厩的水手的歌曲
在被希望的区域的
古老的乐器上的严肃时刻。

每一天

夜像玻璃叶子一样闪光
我理解了
叶子被云覆盖
新的冒险
全新的夜
像拐杖一样在空气中摇晃
残废的人
在房子里我在一架小梯子上。

MACHINES SANS BUT

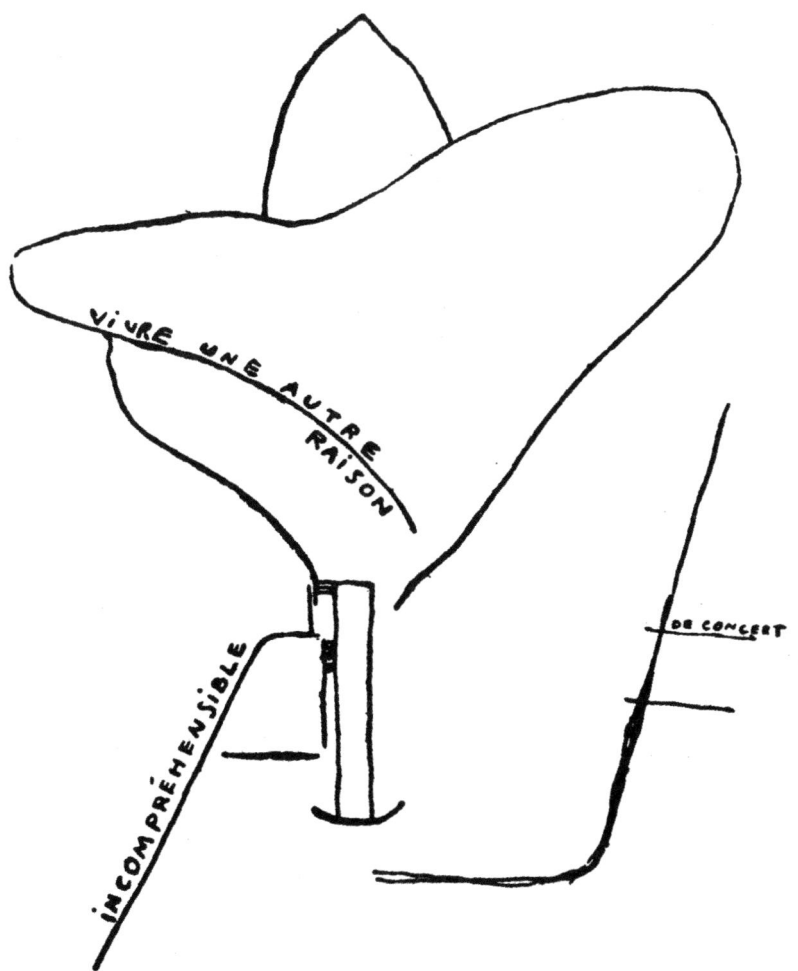

品　格

我狭小的范围

不在这些区域

黑人习惯的奴隶

愚蠢从我们的日子里呈现的疯狂

教全部文学的本性

他们愿意让一个天才在寺庙里塑造

拥有百万家财的精神的侏儒

可见的巨人的肌肉力量

有平庸而犯罪的一生

直至过度的田野的钥匙甚至

为了从经济的来回摆动中保卫

世界的移民今天我们的希望

曾经来自政治会议

上断头台上法庭

仅仅使这次会见更确认

自从千万代以来

巨人们令人震惊的

尤其是耳朵长度。

幸　福

我愿物品
如异教徒的酒精
乱涂理性的胃
也愿雄鸡的歌声
诅咒太阳
魔鬼的消遣
怪念头怎样的幸福
我放任自己走
向偶然。

温存的药店

一个女人做鬼脸

伪雅折磨床

在小径边上

在新位置的潜伏下

她活着屈从于一个旅客的怀抱

在抚摸的搂抱里的坏人

标记上没有结果的烙印的

恋人们

在夜晚他们的脸

在沉默中玩乐

修饰某个小提琴作品

唯一的主题这声可见的叫喊

来自爱情的奇异羞耻。

VENTILATEUR SURPRISE

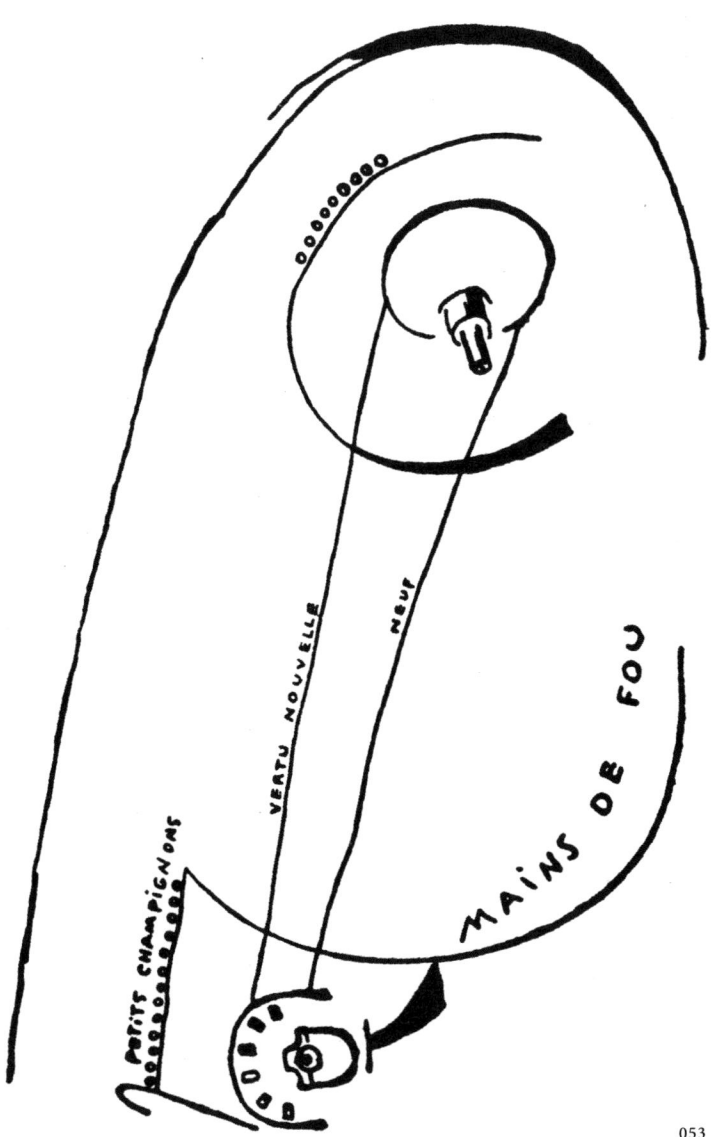

笑

我双眼前的另一位歌唱
在仙女的骨架里一支标枪
在奖章的夜间。

这是无用的她不笑也不做
我们的假山落在她的鼻子上
在任性枪架的自由里。

大变化低洼的水麻疹
您搞错了:一个系统之后的每个人
放弃野心。

速度的改变

疯狂的愿望是在我怀抱里抓住
手指朝向
更远更高的天空
我愿意和你兜个小圈
像一个胡说八道的病孩子
我是幸福的汽缸镗孔的
工厂的合作者
我的精神有一些失去理智的旅馆的梦
其他人只有一个情人
而我不再有
忧伤在塞纳河里更迅速地消失
可在星星的絮过棉花的斜坡上
出租汽车的自私的快乐
在巨大的裂纹里摩纳哥
在夜里抽打我的脸
因为优雅的轮廓海鸥
看唯一的演出
我结婚旅行中的摩托车
和我与自己一起品味的
漂亮卵巢。

草坪的泥块

爱的才智

正如它什么也不是。

我不献媚地尝试

饥饿的爱

和不可穿越的

垃圾。

L'ART IMPATIENCE

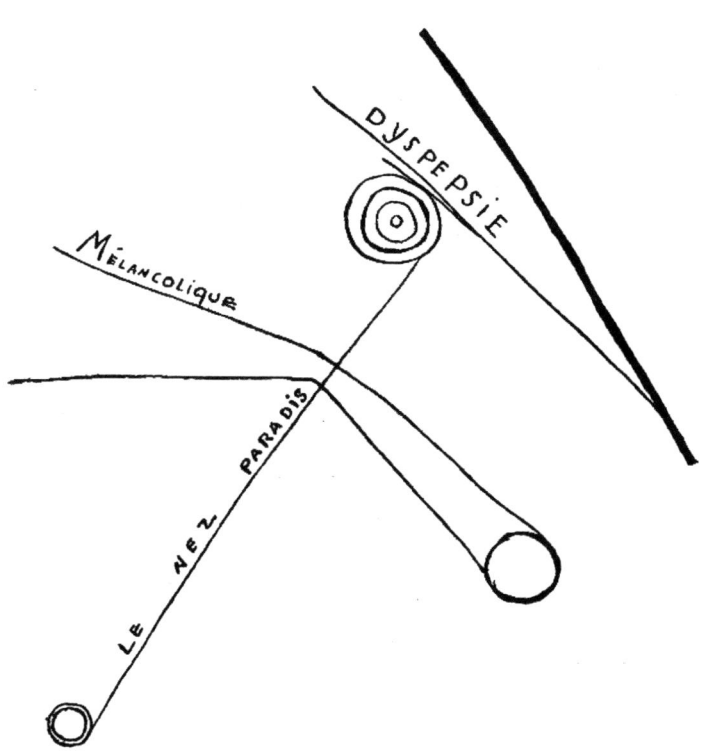

物　体

一个壁龛缓慢前进

并且挠气喘吁吁的夜晚的鼻子

最有用的灯

训斥笼子的有病的映象

一只小猴子振翅

桌布里的形象

寻找它有教养的情人

用装满争辩的闪光平底锅

多么有趣呵迅速地去

飞舞反对海鸥

大量蟋蟀的沾湿的小水滴

群鸟开始这朦胧的光线

它编织长筒袜

在蜗牛的影子下

在酸味花园里

加强的北风

掀起栖息的木碗里的哆嗦。

椰子的愉悦为了隐藏我赤裸的支气管。

在瑞士

为了长久死去的朝下的钟
这被签名正如一只睡鼠西班牙果酱
在蓝色稻草的山里
这种明亮迅速地从白色换为阴影
绿斑点的山顶
黄油冷杉林为了喝咖啡而笑
一个农人讨厌的雾紧闭双唇
我的双脚在梦游里艰难行走
泥浆在太阳下浑浊不清
味道已经炙烤巴黎的风景
自然跪在我面前。

独　眼

新闻的幻象

正如更美的

风景

与情人们相像。

这是证实不可能性

愉悦的

个人想象的

神经系统。

HERMAPHRODISME

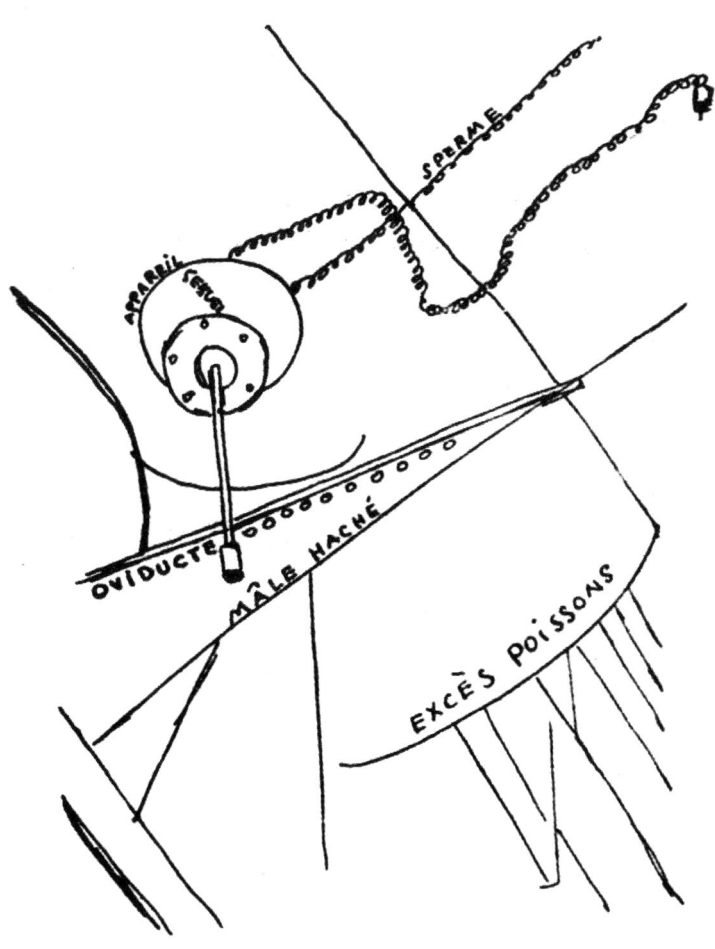

虚 无

肉感世界的所有形式
属于意志障碍。
神秘的形式
没有智性
像数学
一个在另一个的怀抱里。

嗅 觉

胜利在我口袋里保卫自由
在这一点上我通过叫骂评估我的狗
如果逃兵的兵役被承认

思想的投票不停歇地增长
在上面用一只博爱思想的有机猫
大绒布下的可怖的动物

然而我在残骸的水里兴奋
单调的烦忧赤裸的双脚
古老目光里的双眼玩乐

怀疑论幸福的诗节实现的幻觉
当人们会用蝴蝶的皮肤活
人们就刺穿它如镜中花

这过分是生活里某件合理的事物
在我的骄傲上乡野的沼气现象
耸立在魔力的遗忘之上

而现在肉欲的练习塌陷
让不速之客痛苦的爱情的欢乐
耳朵形状的几何学

失　败

在我面前小小的偶然的高度

令人赞叹地飞奔向远方

可在房间里变得那么快

一道柔和的光芒准备熄灭

我认识的她的珍宝小脸出现

在固定于和深渊相对的岩石上的绳子上

并且嗡嗡作响的耳朵在意志的过度里

我愿意静悄悄地钉上房间的门

因为总是使世界恐慌的我的欲望之上

我在被分开藏起的房间里听到的她

小小的高度的不可见的灌木丛后的中心里

我在沙子里用我苍白的脸收集

在这条小径上介入的汗滴

通过向导的手我将解释这个

而不呼叫救援因为灌木丛触及我的胸膛

带着包含的金属的屈从

等待死亡如同为了保卫

并且撞破与房间相对的门

这就是上午十一点半

在性爱房间我未婚妻的故事。

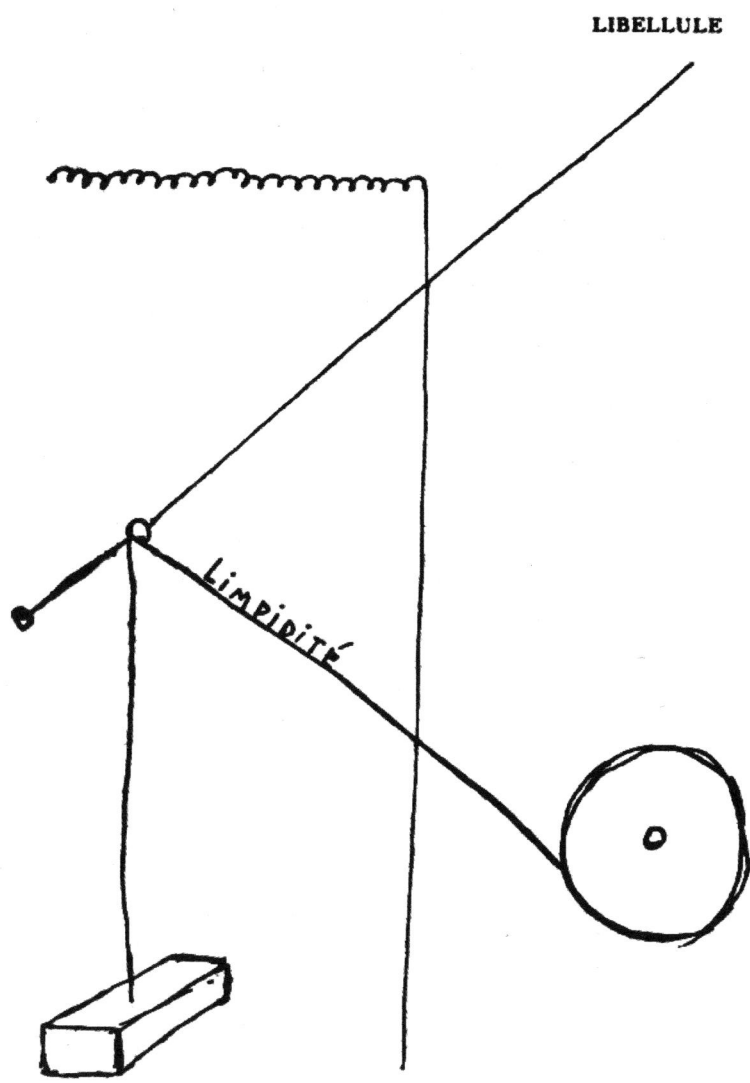

逸 事

你们看,我因想象它而疯狂
我是一个手指灵活的人
我愿切断古老刑罚的线
我焦虑的大脑的褶子
阿拉伯式回忆里的故事
我只在满盈的海里幸福
人们在匿名的波浪上
去得更远。

无线电报

我的病听我的心

逝去的快乐的关闭的按钮

我愿意作为淘气鬼在漂亮妈妈的

怀里变得伤心

蓝天的回忆

我本可以缩成一团

必须尝试忘掉一切

眩晕中的世界的濒死

英雄们旋转

战争的丑陋的华尔兹

在谜一样的戴上面具的

气氛里。

甜　点

什么也没有除了幸福和身体的感觉
为了训练记事簿上的一个愿望
这是绷紧的涂擦如一个木偶。

请听我说这涉及一场暗杀
原则上在军事范围内
不再剩下任何要说的

额头埋在双手之间我拿到解决办法
借助一根掉到双唇上的短棍
拥抱一艘横渡大西洋的客轮上的美国女人

几口茶穿一件睡衣
记忆中的英国光线
这是一个大写的信封

但愿人们闻到味道花招已上演
在用诸种自动实践方法的表面上

这是一个难题和良好的练习
非常有魅力的人们的全部这些负片
用他们没有意志的大脑
总是像盛装的游戏。

因为我同样学习英雄的名字
和摄影的善意拷问
用门窗的内容。

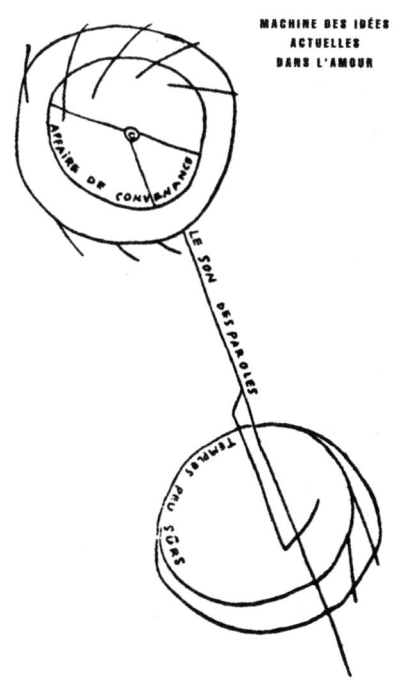

含氧的

焦虑的幻觉的处女

修道院长逃往塔希提

一间鸡血石鸽棚

在英国香烟的书桌里刺激我的神经

在我的怀里戴苍蝇王冠的

巨大的桥墩

弄脏母亲的有轨电车

女孩们在她的嘴上

被猩红色绒毛的鸡尾酒浇灌。

黄油咖啡壶

向导们用手播撒漂亮的语言
和一根亚马逊钓竿一起气喘吁吁
山宝贝收集五十生丁
在花园里水蛭银花莲
从梯子上掉下来明信片。
系皮腰带的沙拉制动器
手上一只橙子喘息
在医院里收获葡萄的糕点师傅的衣服上
从旗帜到红皮白萝卜的花葶。
我们在装珍珠的篮子里
可爱的蜘蛛搬运果核
折磨人的小诗句里的贴身内衣的
庞大的利口酒里的疲惫神色。
飞来飞去在毛毛虫宴会的空气中
这是挂在烟囱天花板上的
白铁皮天堂的风险。

味　道

彩陶侯爵的悲惨蜘蛛网

在一个有节奏的错误步伐里被弄乱的织物

在她的长裙里在粉色基督脚下

惊喜就是大眼睛

隐约的忧虑如可敬的颜料

在唯一的花园里被幸福吞没

象牙上的非同一般的情感。

渐渐地海呼吸如人呼吸

并且在一种分裂里

黄杨的大和平向海

投射有关死人的全景图的不可抑制的敦促

凌乱的头发她的宗教灵魂

微笑随着我起源的生活

整个献身

像一轮丝太阳

波涛里的壮丽建筑

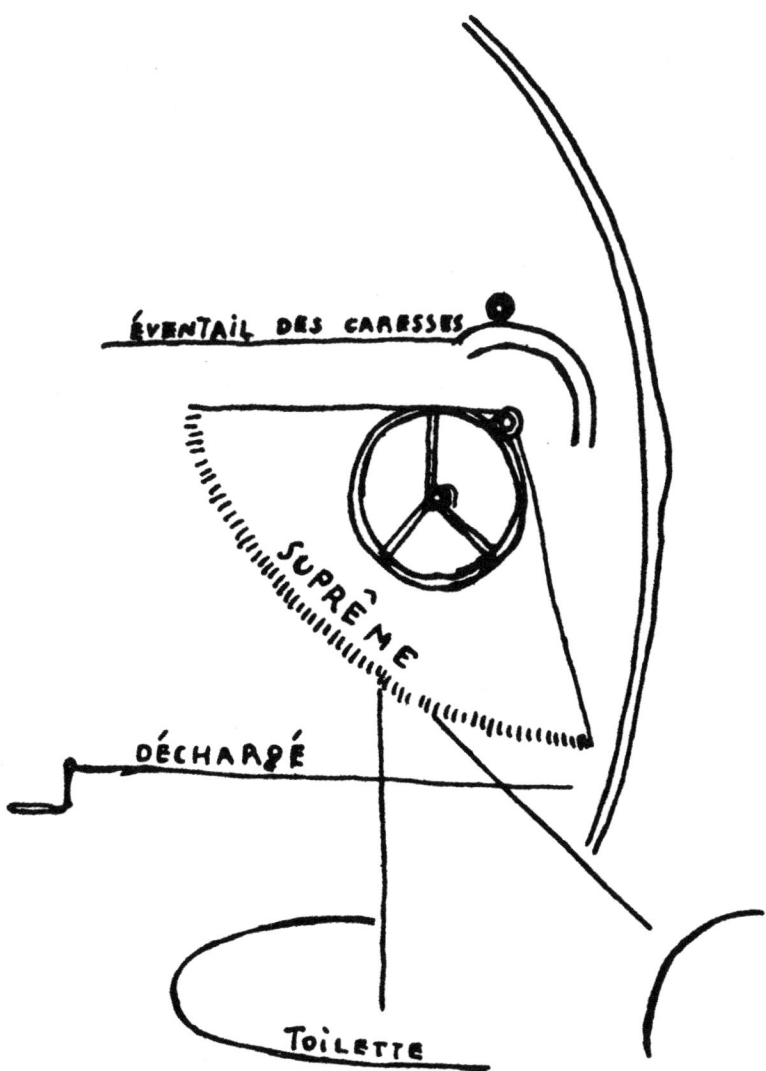

译后记

> 巨人们令人震惊的,尤其是耳朵的长度。
>
> ——弗朗西斯·皮卡比亚

弗朗西斯·皮卡比亚(Francis Picabia, 1879—1953),一位生于巴黎同样死于巴黎的画家和作家,他的这两种身份与达达主义和超现实主义密切地联结。

我们必须提到他的母亲玛丽·达瓦纳(Marie Davanne)离开人世的时候,皮卡比亚还只有七岁。皮卡比亚十五岁那一年,他的父亲把他的油画作品《马尔蒂格的风景》送交法国艺术家沙龙,这幅作品不仅被接受,而且拿了奖。这让皮卡比亚于第二年顺利进入装饰艺术学院,同时他也经常去乔治·布拉克(Georges Braque)和玛丽·洛朗欣(Marie Laurencin)任教的卢浮宫学院听课。

1897年是皮卡比亚画家生涯的转折点:他看到了印象派画家阿尔弗莱德·希斯莱(Alfred Sisley)的油画作品,对希斯莱作品的热情让他与毕沙罗(Pissarro)一家结缘。自此,他有规律地在法国艺术家沙龙参展。

接下来的十年，是他创造力极为旺盛的一段时期：他完成了上百幅明显受到印象派影响的风景画，这些作品深受公众喜爱。他于1905年在奥斯曼画廊（Galerie Haussmann）的首次个展大获成功。我们需要了解的是，彼时的公众对他作品的接受出于他对印象派技法的模仿。当他1908年遇到加布丽埃·布菲（Gabrièle Buffet）并且受到后者的鼓励转而冒险加入新技法时，这意味着他和印象派及其商业受益者的决裂。

如果我们同意皮卡比亚是一位早慧的艺术家，并且1908年之前的艺术生涯让他的技法臻于完善，那么接下来的十年，才是皮卡比亚因为不断更新艺术观念从而在日后载入艺术史的起点。1911年，皮卡比亚加入了马塞尔·杜尚的哥哥雅克·维庸（Jacques Villon）发起的皮托小组（Groupe de Puteaux）。1912年，皮卡比亚发起了黄金分割点沙龙（Salon de la Section d'Or）。自1913年，受到杜尚现成品观念的影响，皮卡比亚完成了一系列具有工业素描美学的作品。与此同时，他多次到纽约积极参与先锋派运动，在美国大陆传播现代艺术。1916年创办了《391》杂志的两年后，皮卡比亚遇到了特里斯坦·查拉（Tristan Tzara）和苏黎世达达小组，与达达主义汇流。但非常迅速地，他和安德烈·布勒东（André Breton）一起成为达达主义的破坏者。如果我们回溯达达主义的宣言，就会发现达达主义者"想取消对所有形式的美、文化和诗歌的欲求，对所有知识分子式的过分讲究，对所有形式的品味的欲求"。我们可以理解为达达主义的破坏是包含自身在内的。皮卡比亚在1947年回忆"我创造了达达主义，如同人在自己周身放火，随着火势的蔓延，为了不被烧死",他在1921年同曾经的战友决裂,用行动做到了反-万有,甚至反-皮卡比亚。

《生来没有母亲的女孩的诗画集》是皮卡比亚1917—1918年在瑞士格施塔德疗养小镇完成并由瑞士洛桑联合印刷所（Imprimeries réunies）于1918年出版,书中收录皮卡比亚的51首诗和18幅黑白素描。此书出版后,皮卡比亚为查拉寄送了一册。查拉对此书极为推崇,我们因此可以将此书视为皮卡比亚打开达达主义大门的钥匙。

"生来没有母亲的女孩的诗画集"这一书名由维吉尔的prolem sine matre creatam（意为没有母亲而生的孩子）演化而来,这个"女孩"是没有器官的：这个怪异的书名让我们推测到机器（机器在法语中同女孩皆为阴性）的生殖,不仅仅是皮卡比亚的书写和绘画对象是机器,甚至,他把自己当成了一台机器！读者翻开本书的诗目录就会发现机器的高频踪迹,而本书画目录中的18幅素描都可以在当时的《科学与生活》（*La Science et la vie*）这一科学性质的杂志上找到原型。从第一首诗到最后一首诗,从第一幅素描到最后一幅素描,我们读到新生、破坏、摧毁、再生、再破坏、再摧毁。我们在此还可以补充一个细节：1917年,皮卡比亚深受神经衰弱的困扰,他的身体陷入一种严重的衰竭状态,他发现自己掌握画笔的能力不具备了。于是他在格施塔德疗养期间转向了诗歌写作和素描创作。这样我们就不会因为读到本书开头的题献对象而感到诧异。

这本书的形式极为严格：以一幅素描对应三首诗的频率交替出现

（其中第一幅素描对应一页空白和两首诗，第六幅素描对应一首占三页的诗），当诗和素描出现在同一面时，诗在左页，素描在右页。这就像皮卡比亚为我们展示一架照相机的工作原理，位于素描右上方的文字（本书的画目录文字）就是我们迫切需要的底片。在此意义上，书名中的"诗画集"这三个字为我们提供文字/图像的互证和区隔。

最后，《生来没有母亲的女孩的诗画集》同时质询"作品"和"书"这两种观念。这是"一本书"，却不包含任何未来的绘画雏形。这也是"一部作品"，一部建构的和反思的"作品"。这本"图解说明诗"的书，反对珍本书的昂贵，并且开启了"艺术家书"的道路。

我们盼望《生来没有母亲的女孩的诗画集》的翻译出版能为达达主义的汉语研究提供必要的文献支持，本书译者将会无限感激未来的汉语读者提出的批评和建议。

潘博

2016 年夏于杭州

图书在版编目（CIP）数据

生来没有母亲的女孩的诗画集/(法)弗朗西斯·皮卡比亚诗、画；潘博译. -- 成都：四川文艺出版社，2019.9

（诗画译丛）

ISBN 978-7-5411-4903-0

Ⅰ.①生… Ⅱ.①弗…②潘… Ⅲ.①诗集—法国—现代②素描—作品集—法国—现代 Ⅳ.①I565.25②J234

中国版本图书馆CIP数据核字（2019）第128709号

SHENGLAI MEIYOU MUQIN DE NÜHAI DE SHIHUAJI
生来没有母亲的女孩的诗画集

[法]弗朗西斯·皮卡比亚 诗/画　　潘博 译

策　　划	周　轶
责任编辑	苟婉莹
责任校对	蓝　海
责任印刷	崔　娜
封面设计	邵　年
内文设计	邵　年

出版发行　四川文艺出版社（成都市槐树街2号）
网　　址　www.scwys.com
电　　话　028-86259287（发行部）028-86259303（编辑部）
传　　真　028-86259306

邮购地址　成都市槐树街2号四川文艺出版社邮购部 610031
排　　版　四川胜翔数码印务设计有限公司
印　　刷　成都东江印务有限公司
成品尺寸　142mm×200mm　　开　本　32开
印　　张　2.75　　　　　　　字　数　60千
版　　次　2019年9月第一版　印　次　2019年9月第一次印刷
书　　号　978-7-5411-4903-0
定　　价　39.00元

版权所有·侵权必究。如有质量问题，请与出版社联系更换。028-86259301